KB274600

일년초

일년초

초판 1쇄 2011년 4월 20일
지은이   신강우
펴낸이   김영재
펴낸곳   책만드는집

주소   서울 마포구 합정동 428-49번지 4층 (121-887)
전화   3142-1585·6
팩스   336-8908
전자우편 chaekjip@naver.com
출판등록   1994년 1월 13일 제10-927호
ⓒ 신강우, 2011

* 이 책의 전부 또는 일부 내용을 재사용하려면 사전에 저작권자와
  책만드는집의 동의를 받아야 합니다.
* 잘못 만들어진 책은 구입하신 서점에서 교환해드립니다.

ISBN   978-89-7944-358-5 (04810)
ISBN   978-89-7944-354-7 (세트)

신강우 시집

책 만 드 는 집
시인선 011

일년초

책만드는집

| 시인의 말 |

지금 나는 나만의 색과 빛을 찾아 나서고 있다. 나를 바로 찾아 나만의 시조를 쓰려고 노력한다. 나를 바로 찾아 나만의 시조를 써야 문단에 똑바로 설 수 있으리라 믿는다.

시간에 쫓기느라 떫은맛이 나는 시조들로 작품집을 몇 번 내지 않았나 싶다. 이번에는 충분한 시간을 두고 다듬었다. 여기에 실린 시조가 좋다거나 나쁘다거나 하는 평에 대하여 나는 아무 할 말이 없다. 이것이 내 능력이기 때문이다.

나는 오랫동안 화물선을 선장으로 타고 있다. 무언가 좀 특이한 시조를 쓰는 게 좋을 것 같아 바다에 대한 시조를 틈틈이 쓰고 있다. 처음에 해양시조를 절반 일반시조를 절반으로 준비했는데, 일반시조 분량이 넘쳐서 이번에는 일반시조만으로 한 권 묶었다. 다음에는 해양시조만으로 한 권 묶어 보려 한다.

—2011년 봄에

신강우

1부

함성

가슴에
칼을 꽂아
호랑이 눈 굴린다

여기저기
막는 덫
기어 넘는 피투성이

빛살로
커가는 생명
하늘에 등불 켠다

그믐밤

촛불도
꺼두고
앓는다 마음으로

사슴의
긴 목 빼고
안으로 크는 사랑

잊혀져
뿌리도 잃은
외줄에 걸린 한숨

석등

독경으로
마음에
연꽃 하나 피운다

헤매는 방울 소리
법어로 길을 열고

아직도
반야의 먼 강
등댓불로 밝힌다

눈물

마음을 텅 비워
푸른 시력 얻는다

하나씩 지우고
안으로 박힌 절망

조금씩
아침 얻는다
비둘기 날갯짓으로

석굴암

부처님 다스한
웃음소리 들린다

반쯤 눈 감은 번뇌
구름으로 띄우고

촛불로
커가는 법어
반야에 닿아간다

백화점

불경기 사방에서
아우성을 치는데

혼자만 안으로
피둥피둥 살이 찐

부유와
빈곤의 차이
차갑게 빗금 친다

시위

사슬에
꽁꽁 묶여도
두 눈 부릅뜬다

피 흘려
찾아낸
생명의 길 가느라

알몸이
무너뜨린다
불의로 막는 큰 벽

사물놀이

고갯길 구불구불
토끼 꼬리 넘는다

안으로
박힌 한
직관으로 찍어두고

빛으로
커가는 흰옷
북소리 둥둥, 친다

모국어

하현달 발자국에
초승달을 심는다

길 잃은 고깃배
등댓불로 손짓한다

어머니
다스한 웃음
잊혀진 나를 보게 한다

소문

바람의 손짓으로 춤추는 어릿광대
잡초 마구 심는다 화사한 웃음으로
무지개 입에 문 악어 하늘에 키 닿는다

회초리 내리치다 사방에 벽을 쌓다
몸통이 잘려버린 뿌리까지 다 뽑아내
허기진 독수리 발톱 피투성이 쪼아댄다

결혼

영혼이 손잡아
둘의 마음
하나 되어

나를 지운 자리에
너를 꽃으로 피워,

뿌리를
하늘에 내려
움트는 푸른 생명

피리 소리

숨죽인 고양이

다가온다 사각사각

꽃잎의 메아리에

희미한 등불을 켜

아직도

아름다운 애기

메아리 속삭인다

매연

독수리 허기가
쪼아대는 푸른 생명

찢기고 터지느라
피의 절규 쏟아낸다

꺼멓게
쓰러진 생명
장송곡이 꿈틀댄다

간이 정거장

그림자 열나서 빈 의자를 맴돌고
잠자리 빨간 졸음 날개를 파닥이고
부풀어 터지는 햇빛 개 혀를 헐떡댄다

조금씩 지워지고 아낙네 발자국도
풀어진 흰 구름 사슴의 긴 목 빼고
목마른 광고판 손짓 하늘에 떡 감는다

치매

닳아도 아픈 흉터 입술로 다 지우고

안개로 뒤엉킨 뜨거운 정 끊어내고

잊혀진 동화 속에서 아이처럼 웃는다

그림자와 오손오손 이야기를 해댄다

인연의 끈에 걸린 한숨 소리 뿌리 뽑아

마음의 하얀 종이에 한생의 글을 쓴다

장애인 부부

26

운명의 꺼먼 옹이 가슴 깊이 숨기고
남편은 휠체어로 아내는 지팡이로
봄으로 가는 나들이 날개 펴는 흰나비

마음에 빨간 사랑 익어서 주렁주렁
에덴의 하얀 길로 조금씩 나아간다
끝없이 열린 하늘에 꽃으로 피는 행복

재래시장

닳은 뼈 드러낸다 텅 빈 메아리도
햇빛이 맴돌아도 아직도 잠이 든
한낮에 굳게 닫힌 문 목을 뺀 삶의 허기

무지개 손에 잡혀 조금씩 잊혀지는
가까이 온 죽음을 기다리는 사형수
마지막 남은 한마디 목말라 터진 웃음

흔적

가난을 뒤에 두고 떠나버린 발소리들

큰못으로 박혀 있다 그날 하얀 자국에

흙으로 키우던 웃음 빈 껍질로 나뒹군다

아식노 들리는데 할머니 기침 소리

빈 마당 잡초들 주인인 양 손짓하고

처마로 키가 닿는다 하얗게 자란 적막

독거노인

진물 다 뜯기고
덩그러니
남은 뼈

반쯤 더 지워진
생명이 추워 떤다

쓰러져
뿌리도 뽑혀
울음으로 타는 촛불

종소리

못다 한 말들이
눈물로
박혀 있다

자기를 버려서
우리를
찾은 집념

하늘에
퍼지는 웃음
싱싱하게 솟구친다

환청

떨어져 뒹군 낙엽 메아리 꿈틀댄다
벌레가 반쯤 먹어 구멍 뚫린 이파리
안으로 피를 흘리는 흉터가 웃어댄다

마음을 다시 찾아 조금씩 일어나
초승달 띄워두고 사방에서 손짓한다
닳아서 뼈도 드러난 가슴의 하얀 고백

육성

찢기고 뒤엉킨 쓰레기를 걷어내고
심장에 꿈의 씨앗 하나씩 심어댄다
안으로 뜨겁게 타는 환희를 터뜨린다

때 묻은 것들을 눈물로 씻어내고
티 없는 가슴에 돋아나는 아침의 빛
조금씩 눈뜬 생명에 종소리를 울린다

2부

초가집

숨죽인 그림자
사립문을 넘어오고

희미한 초승달에
하얀 박꽃 피어나고

물꼬를
트는 이야기
도란도란 살이 찐다

낙화

동백꽃이 입으로
뚝, 하고
떨어진다

서릿발이
놀라서
하얀 눈을 치뜬다

옷자락 찢겨진 고요
벌떡
가슴 뛴다

산마을

고갯길 오른 바람
가쁜 숨을 내쉰다

산새의 울음소리
솔방울로 매달리고

흰 구름
시름을 풀어
산마루에 놓는다

수도꼭지

꼭 잠갔어도 뚝뚝, 두드리는 물소리
암환자 뻘건 신음 휠체어 끌고 간다
길 잃은 희미한 신호 눈 감고 손짓한다

꼭 잠갔어도 뚝뚝, 울먹이는 물소리
잠 못 든 노처녀 야윈 가슴을 열어
대못에 박힌 이야기 꺼내느라 꿈틀댄다

리어카

웃음으로 돌린다 티 없는 그대 가난
햇살이 꿈틀대는 보리밭 푸른 고요
종달새 우는 밭고랑 푸른 생명 키운다

돋는다 푸릇푸릇 실안개 푸른 손짓
아지랑이 익어가는 순수한 손 내밀어
흙으로 사는 일상을 배꽃으로 피운다

폭염

고슴도치
마른 가시
사방에 꽂는다

독 오른 살모사
빨간 혀를 날름대고

빈 의자
부르튼 입술
심장이 뚝 멎는다

고요의 빛

감나무 그림자 비틀비틀 그네 탄다
햇빛 한 줌 서성대고 경운기 졸음에
할머니 담뱃대 시름 툇마루에 목이 길다

바구니 그득하다 풋것들의 속삭임
텃밭을 숨결로 넘어오는 고요의 빛
비어서 티 없는 가슴 파랗게 색칠한다

사립문 1

사슴 긴 목을 뺀다
선잠에서
깨어나

나팔꽃 푸른 입술
종소리
터뜨린다

안으로
뜨겁게 타는
먼 소식을 만진다

사립문 2

흰 구름이
떨구는
하얀 웃음에 젖어

임이 오는 발소리
듣는다 두 귀 쫑긋

마음의
하얀 목 빼고
흙 묻은 손 내민다

뻐꾸기

산마루
걸린 안개
퍼낸다 파닥파닥

소나무 굳은 침묵
그늘에 달라붙어

부딪쳐
안으로 살쪄
생명을 키 키운다

불빛

올빼미 눈 뜨고
메아리 쪼아댄다

하얀 옷을
여미고
꿈으로 오는 손짓

하늘에
꽃을 피운다
정직으로 크는 마음

신발

닳아진 뒷굽에 이력서가 덜렁덜렁
방울 소리 울리는 목마른 한 생애
무수한 장미에 찔린 흉터가 앓아댄다

먼 길을 하현달 침묵으로 여느라
얼굴 반쯤 지워진 주름진 사연들이
하나씩 지문이 찍힌 아우성을 늘린다

문

아무리
더듬어도
닫혀진 입들일 뿐

이리 떼
입에 물고
헐뜯는다 피투성이

가까운
한 줌의 빛살
해바라기 긴 목 뺀다

괄호

찢겨진 근육의
신음 소리 숨겨두고

투쟁이 얻은 환희
꽃으로 묶어두고

안으로
끓는 용광로
아우성 목을 죈다

여름

더위가 당기느라
고무줄 팅팅하다

입술도 부르튼
차량 소리 끌어내어

물방울
하나를 찾아
이리 뛰고 저리 뛴다

연필

외길로 가는 숙명
가슴에 숨겨두고

무수한 생명의 불
화석으로 새겨두고

눈뜨고
일어난 환생
하얀 진리 입을 연다

숟가락

탐욕의 뜨건 기운 끈적끈적 묻어난다
끝없이 먹어대도 허기진 야윈 동작
마지막 생명의 강물 물꼬를 마구 튼다

목마른 마음 하나 찢겨진 가슴 하나
한 숟갈의 양식으로 조금씩 눈을 뜬다
빛으로 가득한 진리 하얀 뿌리 키운다

구걸

때 묻은 웃음이
지키는
텅 빈 그릇

햇빛 한 줌 다가와
닦아낸다 묵은 허기

사슬에
묶인 한 생애
아픈 손을 내민다

심문

꼭꼭 닫힌 입술
칼날로
파헤친다

심장까지
꺼내어도
하얀 자국뿐인데

허구를
꽃으로 피워
웃어대는 꺼먼 술수

농부

실안개 일렁이는 반쯤 빈 밭고랑에
땀방울 쏟아내어 이어가는 삶의 고리
하늘의 마음을 열어 하늘의 길을 간다

닳아도 하얀 뼈 나이테 둘둘 감아
사슴의 목을 빼고 가꾸는 푸른 텃밭
처마에 등불을 켠다 흙으로 크는 섭리

인터넷

칼날의 두뇌로 빛살의 길을 연다
얽히고 꼬인 경제 기호도 먹어치워
기름기 끈적끈적한 톱니바퀴 돌린다

가시 난 웃음으로 천리만리 손에 쥔다
매캐한 가슴으로 금빛을 찾아내는
커다란 그림자 가시 하늘을 찔러댄다

3부

강설

산토끼 발자국
사각사각 찍는다

나비 떼로 날리는
동화 속 하얀 애기

안으로
돋아난 웃음
하늘 향기 날린다

노을

때 묻고 찢겨진
아픔을
다 드러내고

입술로
자꾸 씹어도
침만 고인 떫은맛

하루의
기나긴 여로
불도장을 찍는 듯

그믐 달빛

마음으로 앓느라
두 눈을
반쯤 감고

안으로
뿌리 뽑힌
사랑에 촛불을 켜

손으로
더듬는 옹이
꺼멓게 얼룩진다

장미

부끄러운 초경이
뻘겋게 배어난다

풋사랑 맹목이
가시 난 손 내민다

목마른
낙타 방울 소리
심장이 불로 탄다

밤

구겨져
뒹군 파김치
졸음이 끄덕인다

오징어 파닥파닥
사방에 먹통 튄다

허리 휜
할머니 웃음
별빛으로 빛난다

달빛

흰나비
파닥파닥
목련 꽃을 피운다

잊혀진
메아리
칡넝쿨로 마구 감아

꿈으로
흐른 은하수
십 년 득도 길을 간다

일년초

안으로 뒤척인다 뿌리 반쯤 뽑힌 생명

주름살에 가려진 반쯤만 남은 웃음

길 잃은 뜨거운 기도 한해살이 목을 뺀다

숙명의 긴 사슬에 온몸이 묶이어도

가까운 장송곡 가슴으로 밀어낸다

언덕에 울음으로 타는 희미한 촛불 하나

단풍

마음이 설레느라
얼굴이 빨개진다

흰 구름 손짓에도
미친 듯 웃어대는,

노처녀
마지막 사랑
숨어서 불로 탄다

선인장

사하라 목마른
낙타의 방울 소리

불타는
살의가
꽂는다 날 선 칼날

벌겋게
독수리 눈 뜬
나를 버려 얻는 행복

여름 언덕

68

마음이
풀리느라
바람개비 돌린다

끄덕이는 흰 구름
개울물에 젖어가고

송아지
한가로운 새김질
씹는다 풀린 시름

달밤

은어의 웃음이 지느러미 파닥인다
숨어서 조금씩 눈을 떠 일어나는
마음에 박히는 사리 배꽃으로 피운다

가슴의 묵은 때를 모두 다 닦아내고
주름진 어머니가 내미는 다스한 손
어둠을 벗어낸 침묵 백조 흰 목을 뺀다

겨울 벌판

농부의 피로가 드러누워 쉬는 듯
생성의 숨소리들 그림자 누워 있다
넉넉한 푸른 봄꿈은 안으로 살이 찌고

흰 구름 띄우는 바람 소리 입에 물고
밭고랑 기어 넘어 푸른 생명 얻어낸
마음에 촛불을 밝힌 하얀 농심 키운다

안개

산봉우리 반쯤 걸린 마음이 설렌다
안으로 하나씩 새싹으로 돋아나는
소나무 푸른 가슴에 휘감기는 무명 한 필

두껍게 때가 묻은 빛바랜 옷을 벗고
이마에 띠 두르고 일어나는 푸른 함성
생명이 꿈틀댄 웃음 사방에서 손짓한다

흰 구름 1

조그만 산토끼 하얀 웃음 터뜨린다
소녀의 부푸는 숨소리에 날개 달아
침묵도 하얗게 씻긴 가슴을 드러낸다

새싹을 틔우느라 온몸을 비틀댄다
안으로 익히느라 뜨거운 맥박 소리
하늘에 키가 닿아서 메아리 손짓한다

흰 구름 2

허리가 자꾸 휜다 명상이 무게 얻어
입술로 하나씩 풀어내는 하얀 환상
잊혀진 텅 빈 가슴에 꽃나무를 심는다

조그만 눈을 뜨고 두 귀를 쫑긋댄다
숨어서 흐르는 물소리에 흠뻑 젖어
천 년도 하얀 이야기 흰나비 날개 편다

하현달 1

뒤척인다
욕망의
불씨가 덫에 걸려

묶이어
울부짖는
낮아진 지표 위에

마지막
남은 승부수
부러진 칼 꽂는다

하현달 2

희미한
등불 켜도
깜깜하다 가슴까지

껍질만 남아서
안으로 꿈틀대는

체념을
뿌리내린다
옹이로 박힌 분노

여름 공원

햇빛의 조그만 손
칼날로 찍어댄다

빈 의자 한가로움
알몸 다 드러내고

쏟아진
매미 울음 소나기
용광로 끓어댄다

겨울밤

차가운
달빛으로
눈사람을 세우고

문풍지
찢긴 꼬리
허기로 마구 운다

빈 소리
내는 북소리
짐승들의 긴 동면

촛불

가슴으로 지우고 아픔으로 남은 흔적
잊혀진 그리운 뿌리를 꺼내 들고
티 없는 유년의 웃음 백조의 날개 편다

가슴으로 뜨거운 기도 하나 내민다
하나씩 지우고 찢겨진 메아리도
숨어서 안으로 오는 종소리를 밝힌다

풍경

생성의 푸른 입김 잉크처럼 번지는
조그만 나루터 비릿한 마음들에
봄기운 마구 터진다 안개로 오는 웃음

그리움 눈을 떠 흰나비 날개 펴고
새싹으로 돋는다 꿈결에 젖은 마음
한 줌의 다스한 햇빛 아지랑이 입을 연다

고목

사슬 묶인 한 생애 흉터 다 보인다
무수한 가시밭 피투성이로 기어 넘어
커다란 탑으로 선다 하늘의 웃음소리

아직도 손짓한다 못다 한 말 다 꺼내어
마디로 돋은 봄빛 하얀 띠로 두르고
파랗게 가지를 치는 민주나무 지킨다

일상생활에 뿌리박은 서정의 미학
—신강우 시인의 시조집 『일년초』를 중심으로

유선 시조시인·문학평론가

들어가는 말

2011년 3월 5일(토)은 경기시조시인협회 총회의 날이다.

고향에 급한 일이 있어 4일 일찍 고향인 보은을 내려갔다가 당일 늦은 밤 수원 집으로 올라왔다. 고단했던 때문인지 5일 오전 8시쯤 손전화가 울려 눈을 떴다. 오랜만에 듣는 목소리, 신강우 시인이었다. 잠결에 듣는 둥 마는 둥 내용을 잘 모르고 대답만 냉큼냉큼 했다. 회의시간인 오후 4시가 되자 신강우 시인이 회의실로 들어왔다. 악수를 하고 나자마자 서류봉투를 건네주면서 다급한 말을 한다. "4월에 시조집을 상재하는데, 출판사에 평설을 7일 이내, 늦어도 10일 이내에는

써 보내주어야 한다"는 것이었다. 선뜻 대답을 하지 못했다. 왜냐하면 나에겐 아직 할 일이 많이 남아 있었기 때문이다.

그러다가 무심코 겉장을 넘겨보았다. 〈시인의 말〉 다음 면에 '1부' 그리고 첫 시조가 눈에 들어왔다. 바로 「함성」이란 작품이었다. 일독 후 호감이 용솟음치기에 못 이기는 듯이 수락하면서도, 잠시 다음과 같은 생각에 잠겨보았다.

시에는 정형시와 자유시가 있는데, 우리 시조는 고유한 정형시가 아닌가. 정형시이기에 그 형식을 제대로 지키지 않으면 시조가 아니라 자유시가 된다. 따라서 시조의 외형률을 지키지 않는 시인은 시조시인이 아니라 자유시인이라 할 것이다. 왜냐하면 시조가 요구하는 가락을 바르게 깨닫지 못했기 때문에 이는 자유시인일 수는 있어도 시조시인이 될 수는 없기 때문이다.

자유시인들은 "시조문학이 발전하려면 시조의 형식을 깨거나 최대한 해체시켜야 한다"라고 역설하고 있다. 그런데 이는 마치 "한국의 음식문화를 발전시키기 위해서는 김치를 버터로 대치시켜야 한다"라는 주장과 다를 바가 없는 것이다. 우리 시조의 창작에서 외형률을 지키지 않겠다는 것은 백기를 들고 자유시에 흡수되기를 애걸복걸하는 행위로 볼 수밖에 없는 것이 아닌가.

실로, 전통적으로 우리 민족의 정서에 융합된 3·4조나 4·

4조의 운율은 우리말의 독특한 특성에서 산출된 가락이기 때문에 장구한 세월을 두고 민요, 속요, 가사 등이 이런 외형률, 즉 맵시를 바탕으로 내재율, 즉 솜씨가 형성되었다는 것은 우리 민족이면 누구나 다 아는 사실이다.

그런데 언제부터인가 시조를 읽을 때 자주 느끼는 사항은 내용이 새롭다 싶어서 들여다보면 형식이 지켜지지 아니하고, 반대로 형식이 지켜졌다 싶으면 내용이 부실하다는 점이었다. 물론 절대적인 것은 아니지만 꽤 많은 작품이 그렇다는 것이다.

소위 시조문학의 발전의 관건은 형식이 아니라 하루빨리 관념적인 상투어로부터 탈출하는 것이고, 다양한 이미지의 창출과 함께 참신한 시어를 발굴하는 일이며, 일상적인 소재나 제재로의 확산이고, 청아하고도 유연한 가락을 창조하는 일이며, 시상의 절제와 함축을 위한 기법의 창출이다. 따라서 값싼 온정주의나 고리타분한 사고, 낡은 생활의 정서, 과격한 민족정기 등은 배제되어야 하고, 언어의 이미지를 형상화하는 등 시조의 본령에 충실하기 위한 발전의 방향이 바람직한 관건이라고 생각된다. 그리고 바로 이러한 시조문학의 발전 방향을 붙들고 시조 창작에 불을 지피는 시인이 다름 아닌 신강우 시인이라고 믿어 의심치 않는다.

신강우 시인의 시조집 『일년초』는 전 3부 65수로 구성되어 있다. 즉, 1부는 「함성」 외 21수 2부는 「초가집」 외 20수 3부는 「강설」 외 21수다. 시인은 〈시인의 말〉에서 "나는 오랫동안 화물선을 선장으로 타고 있다. 무언가 좀 특이한 시조를 쓰는 게 좋을 것 같아 바다에 대한 시조를 틈틈이 쓰고 있다. 처음에 해양시조를 절반 일반시조를 절반으로 준비했는데, 일반시조 분량이 넘쳐서 이번에는 일반시조만으로 한 권 묶었다"라고 밝혔듯이, 우리가 일상생활에서 평범하게 겪는 섬세한 제재와 소재를 선택하여 비록 초등학생이라도 능히 알 수 있는 쉬운 일상어를 구사, 시조로 형상화함으로써 잔잔한 감동을 주고 있다. 각 부별 단시조 2편과 연시조 1편을 선택하여 해설해보기로 한다.

먼저 1부에서 세 작품을 골라 살펴보기로 하자.

가슴에
칼을 꽂아
호랑이 눈 굴린다

여기저기

막는 덫
기어 넘는 피투성이

빛살로
커가는 생명
하늘에 등불 켠다
―「함성」 전문

이 작품의 문패가 '함성'이다. 이는 '여럿이 모여서 함께 높이 지르는 소리'를 말한다. 그러면 '함성'이란 문패가 의미하는 원관념은 무엇일까. 그것은 다름 아닌 근래에 유행하고 있는 '데먼스트레이션(데모)' 같은 것들일 것이다. 이는 자기의 존재에 주목을 끌게 하거나 선전하기 위한 자기현시의 시위운동이다. 시위를 하려면 논점이 있어야 하는데, 그 논점이 바로 초장의 "가슴에 / 칼을 꽂아"이고, 두려움의 존재가 "호랑이"이다. 중장의 "막는 덫"은 진압을 뜻하고, "기어 넘는"은 시련과 극복을 나타내며, "피투성이"는 희생을 의미한다. 종장의 "빛살로 / 커가는 생명"은 고귀한 목숨들이 희생한 그 빛살의 은덕으로 후예들이 성장하는 것을 나타내며, "하늘에 등불 켠다"는 결국 성취가 햇빛처럼 환하게 확장되어 밤낮을 가리지 않고 온 세상을 밝혀준다는, 아주 긍정적

이미지를 부각시키고 있는 단수의 수작이다. 이 외에도 1부에는 「그믐밤」, 「석등」, 「눈물」, 「석굴암」, 「백화점」, 「시위」, 「사물놀이」, 「모국어」, 「결혼」, 「피리 소리」, 「매연」, 「독거노인」, 「종소리」 등의 우수한 단수 작품들이 있는데, 그중 「결혼」이란 작품을 살펴보자.

영혼이 손잡아
둘의 마음
하나 되어

나를 지운 자리에
너를 꽃으로 피워,

뿌리를
하늘에 내려
움트는 푸른 생명
―「결혼」 전문

남녀가 정식으로 부부 관계를 맺는 일을 '결혼'이라 하고 이를 민법상으로는 '혼인'이라 한다. 흔히 '결혼'이라 하면 부부 관계를 맺는 것으로만 여기는데, 기실은 영혼의 결합인 것이다. 그러므로 작자는 초장에서 "영혼이 손잡아 / 둘의 마음 / 하나 되어"라 직서한 것이고, 또 결혼이란 심신이 하나로 바뀌는 반면 '나'라는 개인을 잊어버리고 '우리'라는 공동체를 아름답게 가꿔야 하는 것이기 때문에 우리의 희생을 아름답게 꽃피우는 것이라는 의미로 "나를 지운 자리에 / 너를 꽃으로 피워"라 한 것이다. 그리고 결혼이란 하늘이 맺어주는 월하빙인月下氷人의 붉은 끈에 묶인 인연이므로 그 뿌리가 하늘에 박혀 있다고 밝히고 있다. 결혼은 또한 본능의 작용이므로 종장에서 "뿌리를 / 하늘에 내려 / 움트는 푸른 생명"이라 했는데, 여기서 본능이란 생물이 선천적으로 갖고 있는 동작이나 운동을 말하기도 하고, 동물이 후천적 경험이나 교육에 의하지 아니하고 외부의 변화에 따라서 나타내는 통일적인 심신의 반응 형식을 말하기도 한다.

운명의 꺼먼 옹이 가슴 깊이 숨기고
남편은 휠체어로 아내는 지팡이로
봄으로 가는 나들이 날개 펴는 흰나비

마음에 빨간 사랑 익어서 주렁주렁
에덴의 하얀 길로 조금씩 나아간다
끝없이 열린 하늘에 꽃으로 피는 행복

― 「장애인 부부」 전문

　이 작품은 연시조로, 문패가 '장애인 부부'이다. '장애인'이라면 지체나 시각이나 청각이나 언어 장애를 가진 사람을 이르며, 또는 정신지체 등 정신적 결함으로 장기간에 걸쳐 일상생활이나 사회생활에 상당한 제약을 받는 사람을 말한다.

　첫 수의 초장에서 "운명의 꺼먼 옹이"는 바로 '장애인'을 상징한다. 초장을 이어받아 중장에서는 "남편은 휠체어로 아내는 지팡이로"와 같이 장애를 구체화시켜 표현했고, 종장에서 "봄으로 가는 나들이"는 비록 장애자이기는 하지만 커다란 꿈을 따러 가는 그 즐거움을 형상화했으며, "날개 펴는 흰나비"는 깨끗하고 순수한 즐거운 웅비雄飛의 자세를 유추하고 있다. 둘째 수의 초장에서는 농익은 내면의 사랑을 표현하고 있고, 중장에서는 아담과 이브가 살던 에덴동산의 평화 같은 안락함을 형상화했으며, 종장에서는 비로소 희망차게 활짝 열린 "끝없이 열린 하늘에 꽃으로 피는 행복"이라고 마무리를 지었다. 이 얼마나 행복하게 사는 장애인 부부일까? 장애인이 아닌 사람들도 능히 그들의 삶을 부러워할 만큼 표현의 극치를 보여주고 있다. 1부에는 이 외에도 「소문」, 「간이 정거장」, 「치매」, 「재래시장」, 「흔적」, 「환청」, 「육성」 등의 좋은 작품이 있다.

다음 2부에서 세 작품을 골라 살펴보기로 하자.

숨죽인 그림자
사립문을 넘어오고

희미한 초승달에
하얀 박꽃 피어나고

물꼬를
트는 이야기
도란도란 살이 찐다
—「초가집」 전문

'초가집'이란 문패는 초가草家를 이른다. 즉, 갈대나 새, 볏
짚 등으로 엮어 지붕을 이은 집을 말하는데, 주로 시골 농촌
에서 볏짚으로 엮어 이은 것이 대표가 된다. 단열과 보온성
은 뛰어나나 여름철에는 벌레가 많이 생기며 화재의 위험도
가 높아 인근에 화재가 있을 때는 비화飛火되기가 쉽다. 아
울러 볏짚으로 이은 집은 매년 한 번씩 지붕을 이어야 하므
로 자료의 손실은 물론 번거로워 1970년 4월부터 시작된 새
마을운동의 일환으로 슬레이트 등으로 지붕이 개량되어 지

금은 관광지나 민속촌 등에 가야만 볼 수가 있다. 그러므로 이 시 「초가집」은 신강우 시인이 아마도 옛날의 추억을 되살려 형상화한 작품일 것이다. 왜냐하면 지금은 아무리 시골 농촌이라 하더라도 초가집을 볼 수가 없기 때문이다.

아무튼 초장의 "숨죽인 그림자"는 밤손님이 아니라 우리 민족이 예부터 소박하고 순수하여 자기를 낮추는 그 겸손을 나타낸 것이고, "사립문을 넘어오고"는 맛있는 음식이나 별다른 음식을 장만했을 때 이웃집에 담 너머로 건네주면 고맙게 건네받던 그 '정겨움'을 유추하고 있는 것으로 생각된다. 종장에서의 "물꼬를 / 트는 이야기"는 이웃 간에 흉허물 없이 서로 다정하게 건너가고 건너오는 일상적인 대화일 것이다. 인정이 도탑게 쌓임을 "도란도란 살이 찐다"란 표현의 극치를 창조하여 표현함으로써 단수의 시조에 생명을 불어넣었다.

2부에는 이 외에도 「낙화」, 「산마을」, 「폭염」, 「사립문 1」, 「사립문 2」, 「뻐꾸기」, 「불빛」, 「문」, 「괄호」, 「여름」, 「연필」, 「구걸」, 「심문」 등의 우수한 단수들이 있다.

고갯길 오른 바람

가쁜 숨을 내쉰다

산새의 울음소리
솔방울로 매달리고

흰 구름
시름을 풀어
산마루에 놓는다
―「산마을」 전문

'산마을'은 평야에 입지하고 있는 '들마을'이나, 해안에 입지하고 있는 '바다마을'과 대조적인 의미를 갖는다. 마을은 대개 골 깊은 산속이고 고지여서 자연적 제약을 많이 받아 주민들은 농지가 있는 곳에 국한되며, 마을 규모 또한 작은 것이 일반적이다. 농업에 기반을 둔 마을은 주로 보리, 감자, 옥수수, 메밀, 콩, 팥, 호박 등을 재배하고 있다.

근래에 이르러 교통·통신의 발달에 따라 폐쇄되었던 마을에 큰 변화의 바람이 불고 있다. 혼탁한 도시 생활에서 벗어나 자연을 찾는 사람들이 많아짐에 따라 이들을 유치하는 데서 파생된 건강, 관광, 취락이 오늘날 '산마을'을 찾는 사람의 주축을 이루고 있다.

초장의 "고갯길 오른 바람"이나 "가쁜 숨을 내쉰다"에는 산마을을 찾아가는 도정이 잘 그려져 있다. 중장의 "산새의

울음소리"는 청각적 이미지를 나타내고, "솔방울로 매달리
고"로 시각적 이미지를 표현했다. 종장에서는 높은 고개를
올라왔기 때문에 하늘이 가깝게 느껴지고 거기 떠가는 구름
조차도 나직이 보이면서 마치 근심, 걱정이 없는 자연에 달
관한 사람처럼 산마루에 시름을 풀어놓는다고 표현했다. 산
마을 가는 과정을 여실히 형상화한 좋은 작품이다.

　　　닳아진 뒷굽에 이력서가 덜렁덜렁
　　　방울 소리 울리는 목마른 한 생애
　　　무수한 장미에 찔린 흉터가 앓아댄다

　　　먼 길을 하현달 침묵으로 여느라
　　　얼굴 반쯤 지워진 주름진 사연들이
　　　하나씩 지문이 찍힌 아우성을 늘린다
　　　　　―「신발」 전문

　'신발'이란 '신'을 똑똑하게 일컫는 말이다. '신'이라 하면
발에 신는 물건의 총칭이다. 신은 발 부분의 보호와 장식을
위해서 사용되지만, 특히 해변, 빙설, 진흙, 모래땅 등에서
보행이나 작업을 할 때 매몰되거나 미끄러지는 것을 방지하
기 위해 사용되기도 한다. 신의 재료는 고대로부터 짚, 목재,

가죽이 쓰였고, 근래에는 고무, 플라스틱, 또는 이와 같은 재료들을 함께 합성하여 쓰는 경우가 많다. 신의 구조는 그 발생지의 기후나 풍토가 영향을 주는 것은 물론 의례적·계급적 성격이 신을 통해 나타나기도 한다.

첫 수의 초장에서 "닳아진 뒷굽에 이력서가 덜렁덜렁"이라 하여 신을 인간에 비유, 그 역사성과 낡은 모습을 의태어로 형상화했고, 중장에서는 "방울 소리 울리는 목마른 한 생애"라 하여 늙음에 대한 안타까움을 유추했으며, 종장 "무수한 장미에 찔린 흉터가 앓아댄다"에서는 무수한 세월에 할퀸 자국의 아픔을 상징하고 있다.

둘째 수의 초·중장에서는 "먼 길을 하현달 침묵으로 여느라 / 얼굴 반쯤 지워진 주름진 사연들"로, 종장에서는 나이테가 "하나씩 지문이 찍힌 아우성"으로 생명이 얼마 남지 않은 것에 대한 근심, 걱정과 안타까움의 몸부림만 늘어간다는 것을 유추했다. 언어를 선택하느라 꽤 아픔을 겪었으리라 사료된다. 이 외에도 「수도꼭지」, 「리어카」, 「고요의 빛」, 「숟가락」, 「농부」, 「인터넷」 등이 볼 만한 작품이다.

다음은 3부에서 세 편을 골라 살펴보기로 하자.

산토끼 발자국
사각사각 찍는다

나비 떼로 날리는
동화 속 하얀 애기

안으로
돋아난 웃음
하늘 향기 날린다
—「강설」 전문

　'강설降雪'은 눈이 내리는 것이나 내린 눈을 이르는 말이다. 초장은 내린 눈, 중장은 눈이 내리는 상황이다. 초장의 "산토끼 발자국 / 사각사각 찍는다"는 실제로 내린 눈 위에 찍히는 산토끼 발자국일 수도 있고 또는 예쁜 어린이의 발자국을 유추한 것으로 생각할 수도 있는데, 여기서는 내린 눈 위에 어떤 자국을 표현한 것으로 짐작된다. 중장의 "나비 떼로 날리는"에서 눈 내리는 모습을 나비 떼가 날개를 펴고 나는 모습으로 표현했음을 알 수 있다. 가볍고 깨끗한 눈이 하염없이 휘날림을 "동화 속 하얀 애기"로 유추했다고 볼 수도 있고, 그 원관념을 자식들의 재롱으로 생각할 수도 있을 것이다. 그렇기에 종장에서 "안으로 / 돋아난 웃음"이고, 하늘에 무슨 향기가 있겠느냐만 눈이 날림을 "하늘 향기 날린다"로 승화시킨 것이다. 아무튼 내린 눈이나 내리는 눈을 보고

94

이처럼 시상을 띄우는 일이란 그리 쉬운 일이 아니라고 생각
된다.

3부에서는 이 외에도 「노을」, 「그믐 달빛」, 「장미」, 「밤」, 「달
빛」, 「단풍」, 「선인장」, 「여름 언덕」, 「하현달 1」, 「하현달 2」,
「여름 공원」, 「겨울밤」 등이 단수로서 볼 만하다.

부끄러운 초경이
뻘겋게 배어난다

풋사랑 맹목이
가시 난 손 내민다

목마른
낙타 방울 소리
심장이 불로 탄다
―「장미」 전문

'장미'는 우리나라에서는 5∼6월에 만개한다. 이는 또 영
국의 국화이기도 하다. 잎은 어긋나고 3∼7개의 작은 잎으로
구성된 깃꼴겹잎이다. 작은 잎은 타원형, 긴 타원형, 긴 난형
이며, 표면은 짙은 녹색이고 어느 정도 윤기가 있으며, 가장

자리에 예리한 톱니가 있다. 턱잎은 가늘며 길고 하단부가 잎자루에 붙어 있으며, 윗부분은 바늘 같고, 줄기는 주로 녹색을 띠며 가시가 있다. 꽃은 품종에 따라 수많은 변이가 있는데, 붉은 장미는 '열렬한 사랑'이나 '정절'을 뜻하고, 흰 장미는 '행복'을 의미하며, 노란 장미꽃은 '질투'나 '부정'을 나타낸다.

초장에서는 빨간 장미에서 소녀의 수줍은 첫 번째 월경이 속옷에 붉게 배어남을 유추해 "부끄러운 초경이 / 뻘겋게 배어난다"라고 했다. 아마도 덩굴장미가 아닌가 싶다. 중장에서 "풋사랑 맹목이 / 가시 난 손 내민다"라 했는데, 싱싱하기 때문에 "풋사랑"이라 했으며, 장미 속에 덮여 있는 잎이나 줄기에는 가시가 돋아 있으므로 "가시 난 손 내민다"라고 했다. 독일의 시인 릴케가 친구를 위해 장미를 꺾다가 그 가시에 찔려 패혈증으로 고생하다가 결국 51세를 일기로 생애를 마쳤다는 이야기는 유명하다. 종장의 "목마른"은 삭막함을, "낙타"는 사막의 대상들이 짐을 싣고 다니는 짐승을, "방울소리"는 낙타의 목에 걸린 방울에서 들려오는 소리를 나타낸다. 결구에 "심장이 불로 탄다"라고 함으로써 더욱 강렬하고 험악하게 불타는 듯한 장미를 은유하고 형상화한 가작이다.

농부의 피로가 드러누워 쉬는 듯

생성의 숨소리들 그림자 누워 있다
넉넉한 푸른 봄꿈은 안으로 살이 찌고

흰 구름 띄우는 바람 소리 입에 물고
밭고랑 기어 넘어 푸른 생명 얻어낸
마음에 촛불을 밝힌 하얀 농심 키운다
―「겨울 벌판」 전문

　가장 추운 계절 겨울, 더구나 '겨울 벌판'이라면 말로 형언할 수 없이 삭막하고 쓸쓸하기 그지없다. 그렇기에 농토도 쉬고 농부도 쉰다. 그 까닭에 첫 수 초장에서 "농부의 피로가 드러누워 쉬는 듯"하다고 직유법을 사용했고, 따라서 중장에서는 겨울의 농토는 생산성이 없이 단지 지심地心에서만 생산을 꿈꾸고 있기에 "생성의 숨소리들 그림자 누워 있다"라고 했으며, 종장에서는 장차 봄이 되면 풍부한 작물이 꿈을 펼칠 것이기에 "넉넉한 푸른 봄꿈은 안으로 살이 찌고"라고 유추했다고 보인다. 둘째 수 초장에서는 봄이 먼 지금은 아직 '겨울 벌판'이기 때문에 "흰 구름 띄우는 바람 소리"뿐이라 했고, 중장에서는 춥고 삭막한 이 겨울을 넘기는 것이야말로 넘기 어려운 고개로 생각했기에 "밭고랑 기어 넘어 푸른 생명 얻어낸"이라 표현했다. 종장에서는 농부들의 어두운 "마음에 촛불을 밝힌 하얀 농심 키운다"라고 함으로써 그 흙과 더불어 사는 농부들의 희망을 '겨울 벌판'이 일으켜 세워준다고 긍정적으로 매듭지었다. 어찌 보면 작중화자가 농부로 착각될 정도이다.

이 외에도 3부에는 「일년초」, 「달밤」, 「안개」, 「흰 구름 1」, 「흰 구름 2」, 「촛불」, 「풍경」, 「고목」 등의 볼 만한 연시조가 더 있다.

나오는 말

이상에서 신강우 시인의 시조집 『일년초』를 일독하면서 주마간산走馬看山 격으로 1부에서는 「함성」 외에 「결혼」과 「장애인 부부」 등 세 편을, 2부에서는 「초가집」 외에 「산마을」과 「신발」 등 세 작품을, 3부에서는 「강설」 외 「장미」와 「겨울 벌판」 등 세 편을 선택하여 해설을 써보았다.

시조는 무엇보다도 3장 6구의 정형시다. 정형시인지라 그 모습을 갖추지 아니하면 시조라 할 수 없다. 이 모습을 갖추는 것이 외형률이요, 시조의 맵시이다. 이 맵시는 고집불통이 아니다. 내재율을 잃지 않는 범위 내에서 얼마만큼의 자수의 가감이 자유롭다. 이러한 신축성에서 멋과 맛이 아름답게 살아난다. 다시 말해서 시조의 틀에 억지로 넣으려고 해서는 안 된다. 그저 곱게 사려 담아야 한다. 그래야만 내재율이 제자리를 잡게 되는데 바로 이 내재율이 솜씨이다.

　신강우 시인은 누구나 일상생활에서 보고 듣고 느낄 수 있는 재료들을 선택하여 개성 있게 솜씨와 맵시를 터득하고 잘 살려내 『일년초』란 한 채의 아름다운 초가집을 건축해냈다. 이 속에 들어 있는 일상생활의 체험과 생각과 느낌 등은 서로 용해되고 다시 교묘히 배합, 재구성되어 우리 가락에 얹혀 미의식의 구조로 형상화됐다. 그리하여 그의 작품들은 별빛처럼 반짝이고 햇살같이 빛난다. 이를 한마디로 요약하면 "일상생활에 뿌리박은 서정의 미학"이라 할 것이다.

　아무튼 이번 시조집 『일년초』의 상재에 박수를 보내고, 많은 독자들의 가슴을 울려주기를 바라며, 시인이 우리 시조단의 큰 별이 되기를 빌면서 이만 졸필을 거둔다.